BON JOUR

AUX MUSES,

OU

SENTIMENS

SUR

LA LITTÉRATURE.

PAR M. MD. DU MONTELET.

SUIVIS DE QUELQUES PIÉCES DE VERS.

A AMSTERDAM,

M. DCC. LXXIX.

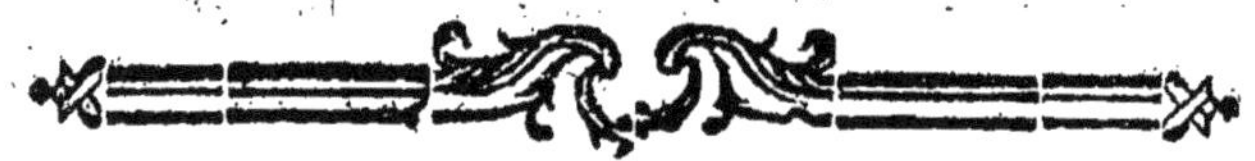

LETTRE PRÉLIMINAIRE,

AU MEILLEUR DE MES AMIS.

Quel joug m'impofes-tu, cher Ami, en me demandant mon avis fur la Littérature ! Tu ordonnes, & fans réflexion, l'amitié me fait foufcrire. Mais que dira-t-on lorfqu'on me connoîtra, de faire à mon âge ce que d'autres plus raffis que moi, n'oferoient entreprendre ? Si l'Amour eft, dit-on, aveugle, ne crois-tu pas qu'on puiffe auffi donner un bandeau à l'Amitié, puifque j'envifage moins le danger de la cenfure, que celui de te déplaire.

Tu ne parois pas être partifant de M. Cl. auffi eft-ce le feul contre lequel je m'éleve dans cet Ouvrage ; d'ailleurs, il s'agit de fçavoir fi mes raifonnemens font juftes ou faux ; s'ils font vrais, qu'importe l'âge que j'aie : s'ils font faux, à tout âge ils feroient impardonnables.

Je fçais qu'un Auteur a dit :

La critique eft aifée, & l'art eft difficile.

Cette sentence eût dû me faire trembler, si mes projets euffent été de me faire un nom dans la littérature par ce moyen.

Loin de croire que je suis exempt d'être cenfuré moi-même, c'eft que j'écoute avec le plus grand plaifir ceux qui le font fans pédantifme ; car toutes les fois qu'il s'en mêlera, l'amour-propre fouffrira, & l'écolier voudra être de pair avec le maître.

J'eus pu fans doute penfer différemment fi l'expérience que j'acquerrerai avec l'âge, m'eût offert les tableaux fous un autre point de vue, mais il faut s'arranger aux circonflances.

Un cenfeur eft critiqué par un autre, celui-ci eft encore cenfuré, & le tout fe réduit ou à des jeux de mots, ou à de mauvaifes plaifanteries. Telle piéce qui fouvent nous paroît ingénieufe, & qui l'eft en effet, parce que nul intérêt que celui du bien ne nous entraîne, eft trouvée par un autre, dépourvue de bon fens, mal ourdie, &c.

Celui qui cenfure, prend fouvent d'un fens contraire ce que l'Auteur entend d'un autre.

Mais, dira-t-on, à votre avis il ne faut donc rien cenfurer ? Je répondrai à cela, que la régle n'eft pas générale.

Il eft même néceffaire qu'il y ait des critiques, ce font les anatomiftes de la littérature ; ils difféquent un ouvrage, comme un Chirurgien un corps, pour en connoître toutes les parties, & par elles juger quels remedes font néceffaires à d'autres. Il faut dans tout, que s'inftruire en inftruifant les autres, foit le but du cenfeur, & non jouer à ce qui fe paiera le mieux par des injures ou des farcafmes ridicules.

Que dis-tu, mon cher Ami, de ce raifonnement ? il n'eft pas d'un homme qui veut dorénavant inftruire les autres, mais apprendre lui-même. Tu connois mon caractere gai de fon naturel ; on le jugera tel, j'efpere, lorfqu'on verra le peu de prix que je mets à tout ce que l'on pourra voir de moi.

Je penfe qu'il faut avoir ici-bas deux perfpectives, celle d'abord de fe faire un nom dans la poftérité, comme les Voltaires, &c. ou celle de paffer fa vie agréablement, fans fonger à cette gloire, dont nos cendres ne feront pas témoins : j'avoue de bonne foi que ce premier but ne m'offre encore que des ronces ; ainsi je m'en tiens sincérement aux roses qu'avec le tems il est plus facile de cueillir dans ce dernier.

N'aurois-je d'ailleurs, cher Ami, que celles que tu m'offres d'avance, que je serai toujours trop payé de mes peines.

BON JOUR

AUX MUSES,

OU

SENTIMENS

SUR

LA LITTÉRATURE.

ME voici donc à-peu-près à cet âge où l'on defire prendre fon effor vers le fommet de cette Montagne facrée, afyle des neuf Sœurs.

Je n'ai pu jufqu'à préfent en juger que par la peinture agréable que m'en ont faite fes heureux habitans.

J'ai mille fois brûlé du defir de les connoître; mais trop foible encore, je n'avois ofé me confier à mes aîles naiffantes. J'avois d'ailleurs des exemples récens de jeunes aiglons, qui n'ayant pu fixer le foleil, comme leur mere, étoient retombés auffi-tôt, & dont la mémoire eft enfévelie pour jamais.

Mais les années s'accumulent, les paſſions ſont plus dangereuſes, les objets plus frappans, & l'ame plus ſenſible.

O Muſes ! ſecondez mes efforts ! Et toi, tendre Polymnie, prête-moi ta lyre afin que je puiſſe plaire aux Dieux habitans du Parnaſſe :

> Séjour, dit-on, délicieux,
> Où Voltaire mérita place,
> Et les Greſſets & les Chaulieux,
> A côté du bon homme Horace.

Amour ! quitte pour un moment ces lieux enchanteurs, ne dédaigne pas d'inſpirer un mortel : tes attraits ſont invincibles. Peins-moi les charmes de ces neuf Sœurs : conduis-moi par des ſentiers bordés de roſes, & répands une odeur ſemblable à celle qu'on reſpire près d'elles.

Mais déjà je ſens une impreſſion ſecréte ! Tout excite mon ame : mon cœur n'eſt plus le même ! .... à peine eus-je achevé ces réflexions, que

> Tout à coup je vis Polymnie
> Qui daignoit ſe rendre à mes vœux ;
> Près d'elle étoit un doux Génie,
> Qui par des ſons harmonieux
> Enchantoit mon ame attendrie :
> Viens, dit-elle, laiſſe ces lieux,
> Et vois la céleſte patrie :
> Je m'élevai, je fus heureux.

On me pardonnera aifément d'avoir été quelque
tems fans voir & fans comprendre ; mes yeux étoient
éblouis, mes oreilles furprifes, & mes fens faifis :
ce Génie qui accompagnoit la Déeffe fut chargé
de ma conduite ; il s'apperçut bien de l'impreffion
qu'avoit faite fur moi cette variété d'objets, plus
curieux les uns que les autres. Après avoir rendu
hommage aux Dieux & aux Mufes, fes compagnes,
je me trouvai fous un autre ciel.

> Là je vis ce riant vieillard
> Rajeuni de foixante années,
> Qui me dit : Tu viens un peu tard,
> Toutes mes palmes font données :
> Revole fur ces bords heureux
> Que je voudrois revoir encore ;
> Il eft quelques fruits favoureux
> Que j'ai plantés, fans voir éclore :
> Là, j'ai régné quatre-vingts ans,
> Tantôt en paix, tantôt en guerre ;
> J'eus cependant d'heureux inftans,
> Vieux comme jeune, je fçus plaire.
> Hé ! que dut-on dire de moi,
> Quand, à mon âge, fur la fcene
> J'ofai paroître de fens froid,
> Tandis que Paris, en haleine,
> Couroit comme pour voir un Roi
> Qu'un gain de bataille ramene ?
> Je reçus vers & complimens,
> Chacun, comme en pélerinage,

Venoit , fes mains pleines d'encens ,
Au vieux Saint-rendre fon hommage.
J'entendis quelques fifflemens ;
Mais eft-il beau jour fans nuage ?

O jeune Enfant, dit-il en pleurs !
Si l'art des Vers eft ta folie ,
Fuis toujours fes attraits trompeurs ,
Confulte fouvent ton Génie ,
Et crains les horribles cenfeurs.

Ce Vieillard refpectable m'attendrit , je verfai quelques larmes ; il continua , & je l'écoutai.

Fuis ces Fabriquans de libelles ,
Qui vous déchirent fans raifon ,
Et qui dans les moindres nouvelles
Se moquent de vous tout au long ,
Par un très-mauvais perfifflage
Qu'admirera certain pédant.
. . . .
. . . .

A ce dernier mot je m'arrêtai ; mon étonnement parut le furprendre ; j'ofai l'interrompre ; auffi-tôt des étincelles fembloient animer fes yeux , & il me dit :

Je n'avois pas encor vu finir vingt printems
Lorfque je pris l'effor vers les bords du Permeffe ;
A de brillans travaux j'employai mes beaux ans ,
Je cueillis des lauriers dès ma tendre jeuneffe :
Je chantai de HENRI les fuperbes exploits.
Jaloux de mes fuccès , convaincus de ma gloire ,

Des milliers de ſerpens ſifflerent à la fois :
Tu verras tous leurs traits en parcourant l'Hiſtoire.

Je protégeai le foible , & fus aimé des grands ,
Et ſouvent par des vers que ma muſe légere
Enfanta pour Cloris, dans ces heureux inſtans
Où l'on veut être aimable , on vit mon caractere.

As-tu connu FERNEY , ce riant TIVOLI ,
Séjour où je croyois terminer ma carriere :
Là , tranquille & rêveur , n'ayant point d'ennemi ,
Je paſſois d'heureux jours , ſans ſonger à la gloire :
Bientôt F * * parut , les verges à la main ,
Châtiant , fuſtigeant , & mordant à ſon aiſe ;
Je me moquai d'abord de ſon plaiſant deſſein ,
Et , pour terminer tout , je donnai l'Ecoſſaiſe :
Un autre Monſieur vint , c'étoit cet inclément

. . . .
. . . .
. . . .

Pardonne , me dit-il : la trop vive chaleur
Avec laquelle ici ſe déclare mon ame :
Ce triſte ſouvenir coûte cher à mon cœur ;
A leurs noms ſeuls encor , il bondit & s'emflâme.

Ennemi juré de toute cenſure ; mais excuſant
malgré cela , le juſte reſſentiment de ce grand
Homme , je le priai de ceſſer ce recit ; & tout
à coup l'aménité parut ſur ſa figure ; il préta
quelques inſtans au concert que donnerent une
foule de Génies , mais qu'il ne m'étoit point
encore permis d'entendre ; je voyois , j'entendois

ſans comprendre ; je m'apperçus cependant qu'il devoit être fini lorſque cet aimable Vieillard continua :

O toi , qui vas parmi les roſes
Sommeiller la premiere fois !
Prens bien garde où tu te repoſes :
D'abord effleure , & ſauve-toi ;
Il eſt certains petits génies ,
Qui , pour quelques vers qu'ils ont faits ,
Veulent donner des tragédies ,
En dépit de tous les ſifflets.
A peine au printems de ton âge ,
Aurois-tu l'eſprit impoſant ,
Ennemi de tout badinage ?
Tes yeux diſent tout autrement.
Conſulte l'aimable de L**,
Que Voltaire nomme Elégant ,
Et qui ſi bien rendit Virgille ,
Quoiqu'en diſe certain plaiſant.
Vois , & prens toujours pour modele
L'amuſant & léger D**
Quand tu voudras près d'une belle
T'inſinuer avec éclat.
Il faut , pour commencer , & plaire ,
De ces bagatelles du jour ,
De ces riens qu'on aime à Cythere ,
Riens charmans , créés par l'Amour.

Comme il parloit encore , une couronne vint lui ceindre la tête ; un nuage parut l'envelopper

& l'enlever à ma vue ; il le plaça dans un féjour qui fembloit furpaffer encore celui qu'il occupoit lorfqu'il s'entretenoit avec moi. Mon cœur, fenfible à fon abfence, lui prononça ces vers :

Heureux Mortel, digne des Dieux !
Fuis pour jamais ce lieu de peines,
Vis en paix maintenant aux Cieux,
Des fleurs y formeront tes chaînes.
Souviens-toi toujours des humains :
En Dieu, pardonne leurs foibleffes,
Et ne te fers des droits divins
Que pour les combler de largeffes.

A peine eus-je achevé ces mots, que mon Génie reparut ; & après m'avoir dépofé dans ce vafte univers, je ne le vis plus ; je me trouvai dans une affemblée de Sçavans : ce fut là où je compris tout ce dont Voltaire m'avoit parlé.

L'un, le fourcil noir & froncé,
Compofoit une Tragédie ;
L'autre, d'un air embarraffé,
Complettoit l'Encyclopédie.
Dans un coin je vis P * * *
Qui brochoit vîte une critique ;
Et vous dénigroit, pour un mot,
Ce fçavant Encyclopédique.
Ce qui m'interdit un inftant,
Fut une févére cenfure
Que venoit de donner Cl * *

Qui caufoit un certain murmure.

Cet homme a parfois du bon fens ;

Dire que non, feroit injure :

Mais, arranger ainfi les gens,

L'honneur de la littérature,

Y penfez-vous, Monfieur Cl * * ?

Si l'on vouloit railler MÉDÉE,

Ne croyez-vous pas qu'aifément

Elle pût être cenfurée ?

Sans intérêt, fans dénouement,

Des vers froids, & fouvent ftériles,

Quelquefois un ton impofant,

Des recits longs & difficiles,

Voilà, cependant à peu près,

Ce que votre Mufe tragique

A mis au jour. . . . . L'heureux progrès !

D'après cela, fçavant Critique,

Honorez-nous de vos Effais,

Utiles à la République,

Selon vous, dignes de fuccès.

Mais, Dieux ! quelle fut ma furprife,

Lorfque fur un joli fopha,

Je vis cette aimable Marquife (*a*)

Que le Parnaffe regretta

Quand un beau jour, par fantaifie,

Elle fit fes tendres adieux

Au Dieu charmant de la folie,

Hé ! qui la voit, lit dans fes yeux

Ce qu'a peint fa mufe légere.

(*a*) Madame de Bourdic, ci-devant Marquife d'Antremont.

Qui la peignit & connut mieux
Qu'à jamais l'immortel Voltaire ?

Tout le monde connoît la Lettre charmante que madame la Marquise d'Antremont écrivit à M. de Voltaire, & la Réponse que lui fit ce Grand-Homme :

Vous n'êtes point la Desforges - Maillard,
De l'Hélicon ce triste hermaphrodite, &c.

Il est rare de réunir en effet plus de talens, d'avoir autant de graces & une poésie aussi légere que madame d'Antremont; on peut même ajouter à son éloge en disant que personne n'a moins qu'elle de prétention : elle seule pourroit prouver qu'il n'est pas absolument nécessaire d'habiter la Capitale pour avoir le bon goût, puisque madame d'Antremont n'y est jamais venue. Ce font cependant de ces exemples fort rares, dont les provinciaux doivent s'enorgueillir, sans en tirer une conséquence sans replique.

Près d'elle I M B *, charmant conteur,
L'amusoit par ses bagatelles,
Quoiqu'il ait eu plus d'un censeur
Qui n'aime pas trop ses nouvelles.

Il est certain que M. Imb *, dont la réputation est à son période depuis son Jugement de Pâris, a beaucoup perdu, felon quelques-uns, par les Contes Philofophiques & quelques autres Piéces qu'il a donnés depuis; on n'y reconnoît pas, difent-ils, le même pinceau, ni la même verve. Quant à moi cependant, je rendrai toujours juftice au mérite de M. Imb*, & le lirai avec plaifir.

Un Auteur que je ne connoiffois pas, curieux apparemment de fçavoir qui j'étois, & ce que je penfois, s'approcha de moi, & après plufieurs queftions & raifonnemens, je définis qu'il étoit celui pour lequel dès mon enfance j'ai toujours eu de la vénération, malgré tout ce qu'en ait dit F** & tant d'autres; car, comme je l'ai déjà dit, j'abhorre la cenfure injurieufe; & ce n'eft que par cette voie cependant, & les farcafmes ridicules que nos critiques aujourd'hui s'imaginent perfuader les défauts, encourager à les éviter, & réunir les fuffrages; il me parla donc ainfi :

Vous me voyez fombre & rêveur :
Hé ! n'ai-je pas bien raifon de l'être,
Quand tout infpire la terreur,
Et que l'univers eft fans maître ?
Tout pleure & languit en ces lieux :
VOLTAIRE étoit..... quelle penfée !
Mais ceffe enfin ; Mufe éplorée,
Il eft fans doute au rang des Dieux.

A

À ce début, au souvenir de ce grand Homme, l'empreſſement de m'entretenir avec M. de la H ** redoubla : il vit dans mes yeux le plaiſir que je reſſentois d'entendre parler de l'Auteur d'Alzire ; il eût continué ſi je ne l'euſſe interrompu pour lui parler de lui-même.

> J'étois bien jeune encor, que déjà ſur la ſcene
> Vous aviez pluſieurs fois moiſſonné des lauriers,
> Et l'on vous vit toujours, en fils de Melpomene,
> Planer d'un vol égal, malgré tous ces guerriers
> Dont on craint moins les coups qu'au jour d'une mêlée
> Le plus vaillant ſoldat ne brave le canon ;
> Car en dépit d'eux tous, la prompte renommée
> Au temple de mémoire a placé votre nom :
> Vous y trouverez placé auprès de ce grand maître
> Que regrette en ce jour..... & pleure l'univers.
> Nous ſommes ici-bas pour bientôt diſparoître ;
> Mais, par de tels travaux, malgré tous les revers,
> Un héros comme lui, jamais ne ceſſe d'être.

Je crois que c'eſt avec juſtice que je place ici M. de la H ** après M. de Voltaire ; perſonne, à mon gré, ne mérite davantage ; & ſi les critiques ſe ſont ſi fortement élevés contre l'Auteur de Warwick, c'eſt parce qu'ils étoient vraiment perſuadés de ſes talens. L'éloge que j'en fais ici ne peut jamais être aſſez complet pour ajouter à la réputation de M. de la H **. Mais il ſuffit de dire que cet Auteur mérite beaucoup par le nombre de fes talens. Doué d'une grande érudition, d'un ftyle net & châtié, & d'un jugement très-fain ; en faut-il davantage pour faire taire lorfqu'il parle, & mériter l'hommage que je lui rends ?

Derriere moi étoit un homme que les Mufes regardoient avec complaifance. Je m'informai qui il étoit ; on me répondit :

C'eft Saint-Lamb*, qui tient entre fes mains
La cenfure la plus févere,
Que ce Cl**, ennemi des humains,
S'eft empreffé de faire.

Qui mieux que lui cependant a chanté
En vers heureux, en vers faciles,
La rigueur de l'hiver, & les beaux jours d'été,
Les campagnes ftériles,
Et leur fécondité ?

Qui mieux a peint que lui le lever de l'aurore
Et le déclin du jour ;
Apprit à cultiver les parterres de Flore,
Et tailler avec art les berceaux de l'Amour ?

Je convins en effet qu'on ne peut mettre plus de grace & de facilité que M. de Saint-Lamb. en a employé dans fon Poéme des quatre Saifons ; ouvrage que tout le monde connoît affez pour rendre juftice au mérite de l'Auteur, malgré les

vifs reproches & souvent outrés que lui a fait M.
Cl**. Les autres petits ouvrages de M. de Saint-
Lamb. ne feront que parler en fa faveur ; & quand
il fe trouveroit quelques nuances mal obfervées,
cela vaut-il la peine que s'eft donnée fon cenfeur ?
Si l'on peut faire un reproche à M. de Saint-Lamb.
c'eft de ne pas affez fouvent nous faire admirer fes
jolies productions.

J'allois fortir de cette affemblée de critiques,
de fciences & d'obfervations, pour aller m'y livrer
moi-même , lorfqu'une perfonne m'arrêta par le
bras, en me demandant fi je m'étois apperçu de
quelqu'un dans l'affemblée qui paroiffoit affecté :
on me le nomma , & j'appris avec plaifir que
c'étoit

> Celui qui fait en vers pompeux
> Ronfler une Ode avec aifance ,
> Et dont le cœur trop généreux
> Se montre avec magnificence ,
> Et celui qui fentit le mieux
> La perte qu'a faite la France ,
> Et fit pleurer par quatre Vers ,
> Mufes, Parnaffe & l'univers.

Perfonne ne conteftera à M. le Br ** la gloire
d'être un de nos Poétes modernes qui faffe une
Ode avec autant de graces & d'énergie ; il femble

avoir atteint à cette perfection après laquelle on aſpire depuis ſi long-tems dans ce genre.

Perſonne de même n'ignore la généroſité de M. le Br ** envers la petite-niéce de Corneille. M. P * * * s'eſt trop bien acquitté de faire ſon éloge à ce ſujet, pour chercher à y ajouter.

Tout le monde ſçait encore les quatre beaux vers que M. le Br ** compoſa ſur la mort de Voltaire : n'eût-il fait que cela, il mérite un rang qu'il me ſeroit difficile de lui aſſigner.

Je me retirai enfin, & rentré chez moi, je réfléchis à tout ce que j'avois vu ou entendu ; je ᵖris un livre, que j'ouvris au hazard, & tombai ᵖréciſément ſur une Epître de M. le Marquis de *** ,

Dont la Muſe douce & riante
Ne fit que des riens ſéduiſans,
Que le moment ſouvent invente,
Et qui ſe gravent par le tems.
Qui n'eſt charmé de ſa Roſiere ?
Qui ne la voit avec plaiſir ?
Jeune fille, & jupe légere :
Qui plus excite le deſir ?
Telle étoit ſouvent la peinture
Dont il coloroit ſes tableaux :
Un bocage, de la verdure,
Une danſe dans les hameaux ;

Il peignoit ainsi la nature,
Et laissoit crier ses rivaux.

M. le Marquis de P*** est un de ceux, selon moi, dont la poésie fait le plus de plaisir : elle est simple, douce, naïve, séduisante ; à ce mérite, M. de P*** en joignoit un autre, que sans doute ceux qui l'ont censuré si sévérement, ne lui connoissoient pas, c'est l'humanité. Il suffit cependant de consulter ses écrits, on y verra toujours un cœur pur, attrayant, & rempli d'une infinité de connoissances, qu'une mort inattendue a ensévelies pour jamais.

INVOCATION.

O divin Apollon ! ô charmante Thalie !
    Muses secondez-moi :
Amour, viens m'inspirer dans ma douce folie ;
    Qui peut vivre sans toi ?
Je n'irai désormais qu'en des plaines fleuries
    Répéter des chansons,
Sous un orme, tout seul, chanter mes rêveries,
    Le tems & ses saisons.
Mais, que dis-je ? tout seul ! consultons la nature
    Et celui qui la fit :
Il faut une compagne ; ainsi Volupté pure,
    Viens, guide mon esprit.

Sous cet orme, à l'ombrage, une fimple bergere
    recevra tous mes vœux.
On méprife fouvent une vile chaumiere ;
    En eft-on plus heureux ?
Là, fans ceffe occupé de l'objet que l'on aime,
    On fe dit tendrement :
Bonheur que j'efpérois.! . . . félicité fuprême,
    Dure éternellement !
On s'embraffe, on s'unit, & cela pour la vie :
    Eft-il autre bonheur ?
Que peut-on defirer auprès de fa Sylvie ?
    Ceffez donc, ô cenfeur !
De paffer vos beaux ans à blâmer ces génies,
    Qui n'ont coulé leurs jours
Qu'à chantet les bofquets & les vertes prairies,
    Et dire : Aimons toujours :
Tendre Amour, guide-moi dans cette haute carriere,
    Et près de Voifenon
Daigne un jour me placer ainfi que ma bergere,
    Portant leger jupon ;
Bannis de mes écrits pour jamais la fatyre
    Et le nom de Cl ** :
Même avant mon réveil rappelle-moi Thémire,
    Dis-lui qu'un cœur conftant
Ne fera plus de vers, qu'elle ne les infpire.

IN-PROMPTU *fait au Bal,*

*A Madame P**, habillée en Marmote.*

Sous cet habit de Marmote,
Thémis, que vous cachez d'attraits !
A cet air fimple, on vous croiroit dévote,
Si vos yeux n'étoient indifcrets.

VERS

*A Madame DE LA M**, enceinte, déjà mere d'un Fils, & qui commençoit à reffentir les douleurs de l'enfantement.*

Consolez-vous, tendre Thémire,
Votre douleur eft un préfage heureux,
J'en fuis certain, mon cœur m'infpire,
C'eft lui qui conduit tous mes vœux :
Chez vous un bel Amour a déjà trouvé place,
Et fi le Ciel accomplit mes defirs,
Il doit avoir pour compagne une Grace,
Et tous vos maux deviendront des plaifirs.

IN-PROMPTU,

A une jolie Femme, qui partoit pour la campagne.

Au fond de ces fombres demeures,
Bercé par l'amour & l'efpoir,
Toujours je compterai les heures
Que je pafferai fans vous voir.

B iv

VERS,

A Gris-Gris, Chat de Mademoiselle d'Esp.
qui l'avoit égratignée en dormant.

Aimable Chat ! toi qui fais les délices
De celle qui fait ton bonheur,
Et qui reçois chaque jour les prémices
Du sourire le plus flatteur,
A l'avenir montre plus de tendresse,
Prens un ton doux, plus séduisant,
Ce caractere complaisant,
Que tous les jours t'enseigne ta Maîtresse.

Lorsque près d'elle, en attendant le jour,
Entre ses bras elle t'offre un azile,
Laisse-la donc reposer plus tranquille,
Et ne l'éveille point par quelque mauvais tour.

BOUQUET A VICTOIRE,
Pour le jour de sa Fête.

Tendres Amours, quittez votre séjour,
Venez orner la tête de Victoire,
Formez des vœux, chantez en ce beau jour
Son nom..... célébrez sa mémoire.

Par ses talens, par ses vertus,
Qui peut mériter plus de gloire ?
Sur tous les cœurs elle a pleine victoire :
Pour y prétendre, eh ! que faut-il de plus ?

IN-PROMPTU,

A un Abbé qui avoit voulu se faire Moine.

Vous vouliez donc vous faire Hermite ;
Hélas ! aviez-vous bien raison ?
Ne croyez pas aller plus vîte
Au Ciel avec un capuchon :
Souvent dans votre solitude
Le démon vous auroit tenté :
Faire pénitence aussi rude,
C'est avoir bien de la bonté :
Chassez cet air philosophique,
Qui vous fait perdre la raison ;
Vivez en bon Ecclésiastique :
Rendre, par un très-bon sermon,
Le Musulman Evangélique,
Cela vaut mieux qu'un saint cordon.

VERS,

*A Madame DE CH**, qui venoit d'accoucher d'un Garçon, & déjà mere d'une Fille.*

Peut-on avoir plus de bonheur !
Thémire, pourriez-vous vous plaindre ?
Le Ciel rassure votre cœur,
Et vous n'avez plus rien à craindre.

Vénus auparavant l'Amour
Enfanta, dit-on, les trois Graces :
Et vous, avant qu'il voie jour,
D'une qui marche fur vos traces
Avez fatisfait au deftin,
En l'appellant à la lumiere
Avant cet Amour enfantin,
Dont maintenant vous êtes mere :
Quoi de plus charmant en effet
Que les fruits d'un bon mariage !
L'Amour, une Grace en ménage,
Y maintiennent toujours la paix :
Si l'un fçait fervir la Patrie,
L'autre, en lui donnant des enfans,
Du Ciel à jamais eft chérie,
Et l'Etat reçoit fes préfens.

VERS,

A M. D'HERB. en le remerciant de fa Comédie Proverbe, intitulée Le Bénéfice, qu'il m'avoit envoyée.

QUE j'aime votre Abbé FLORANGE !
Il eft en vérité charmant,
Jouant le rôle, comme un Ange,
Du fage & du plus fin amant ;
Il connoît l'intrigue parfaite
Pour réuffir à peu de frais.
Prendre une femme à fa toilette,
C'eft s'affurer d'un bon fuccès :

Il veut avoir un Bénéfice,
Car aujourd'hui Petit-Collet
N'oſeroit point entrer en lice
S'il n'étoit muni du brevet
De deux cens bons louis de rente :
Qu'à peine il a brigué deux ans
Ce qu'on n'obtient pas après trente,
Des ſervices les plus conſtans.

ENVOI,

*A Madame P**, ſur l'air : Je ſuis Lindor.*

Sɪ, par ces Vers, j'ai le don de vous plaire,
Oui déſormais, j'invoquerai les Dieux :
Hélas ! .... que dis-je, en voyant deux beaux yeux
Ai-je beſoin de leur ſaint miniſtere ?

LA FILLE DE BON SENS.

Lɪsᴇᴛᴛᴇ avoit quinze ans, c'eſt l'âge des amours,
Un coup d'œil au miroir lui diſoit tous les jours,
Qu'on doit ſçavoir aimer, quand on eſt ſi gentille :
Pudeur parloit encor.... tant mieux, chez une fille
On aime à la trouver, ſans quoi plus de plaiſir,
Elle excite & retient, enflamme le deſir.

C'eſt auprès d'un amant, la route qu'il faut ſuivre,
Un ſourire à propos, un maintien le fait vivre.

Lifette aimoit déjà les charmes du boudoir :
A fi jeune âge encor , eh que peut-on fçavoir ?
Son cœur jafoit pourtant. . . . . . quel eft donc ce myftere ,
Difoit-elle fouvent , qu'on révéle à ma mere ?

Mais le tems apprend tout. . . . . un an paffe bientôt ,
Car la fillette à feize entendoit bien le mot.
Ici c'étoit un bal , là c'étoit autre fête :
Coëffée avec défordre , & pourtant l'air honnête ,
Sans art , tournure aifée , & le regard lutin ,
Voilà l'accoutrement qui met tout cœur en train :
Un amant accouroit , flattoit un peu la mere ;
Mais tout à coup volant dans une ample bergere ,
S'adreffoit à Lifette , & , d'un ton amoureux ,
Peignoit en petits vers la douceur de fes yeux ;
Sa mere chaque jour voyoit que les hommages
N'étoient que pour Lifette , & que tous les fuffrages
S'uniffoient pour chanter fa beauté , fes vertus ;
Mais que pour elle hélas ! . . . . le paffé n'étoit plus.

Elle fe leve un jour , de dépit & de rage ,
Peignant le défefpoir , renverfe le ménage ,
Réprimande Lifette , & dit que fon mouchoir ,
Mis fans doute à deffein , laiffe trop entrevoir ,
Que ce rouge qui peint fa gentille figure ,
Eft un effet de l'art , & non de la nature ,
Et dit , d'un air dévot , que c'eft offenfer Dieu.

Lifette , en foupirant , mais s'étonnant fort peu ,
Répond. . . . . chere maman , quelle morale fainte !
Elle touche mon ame , & me faifit de crainte ;
Mais il faut que chacun en ce monde ait fon tour.

Ceſſez donc de gronder, ſi j'invoque l'Amour :
J'écoutai vos avis, je marche ſur vos traces :
L'Amour fut votre Dieu, vos compagnes les Graces :
Ne briſez pas le nœud que forme un ſi beau jour.

QUATRAIN,

Pour mettre au bas du portrait de Madame DE LA BR.

CE ſont ſes traits, on ne peut s'y méprendre ;
Sans être peintre, eh! qui ne la peindroit ?
Oui cet air doux, & ce ſourire tendre,
Sont de Cypris le fidele portrait.

LE FAUX DUEL,

Conte ou Hiſtoire, comme on voudra.

UN conte aſſez plaiſant revient à ma mémoire,
On m'a même aſſuré que c'étoit une hiſtoire :
Qu'importe ce que c'eſt ; je ne ſuis point cenſeur ;
Pour ce qu'il m'a coûté je le donne au lecteur.

Certain ſoir que déjà ſous un autre hémiſphere
Phébus avoit paſſé.....c'étoit par un beau jour
Où ſous d'épais berceaux la brûlante lumiere
Ne pénetre jamais, où ſe cache l'Amour.

Un Abbé dans un bois répétoit ſon bréviaire,
Ou bien, pour s'amuſer, y forgeoit des couplets,

Que dès le lendemain, avec un bouquet frais,
Il venoit dépofer près du lit de Glycere.

Cherchant apparemment un air tendre & joyeux,
Qui pût à ces couplets s'arranger tout au mieux;
Il fe mit à chanter, cadencer avec grace :
Par hazard un Marquis par cet endroit-là paffe;
Il eft émerveillé. . . . . qui peut être en ce bois?
Il s'arrête un moment, & charmé de la voix,
Fait ouvrir la portiere, & defcend de voiture,
Vîte court au bofquet, apperçoit la figure,
Non comme il le croyoit, mais d'un Abbé de Cour,
En mince foutanelle, en ample manteau court.

Notre jeune Marquis, loin de s'enfuir, avance,
Avec cet air aifé. . . . . prefque d'impertinence,
A l'Abbé fur fa voix fait un long compliment,
Et dit que tout exprès il vient pour mieux l'entendre.
Je chantois, dit l'Abbé, pour mon amufement;
Mais de plaire à quelqu'un n'ai point voulu prétendre.
Bon! des façons, l'Abbé, dit gaiement le Marquis,
Dites une chanfon nouvelle ou bien ancienne.
Une chanfon, Monfieur! . . . . - cela m'eft-il permis?
D'ailleurs je n'en fais point. Eh bien donc une antienne,
Reprit notre étourdi, ... cela m'eft fort égal :
Il faut que vout chantiez, oui, l'Abbé, bien ou mal;
Parbleu, vous chanterez. . . . . ou craignez cette épée.
Le pauvre Abbé, tremblant, la voix entre-coupée,
Entonne gravement, un long alleluia.
Le Marquis ftupéfait, ne fçachant plus que dire,
Et content de fon jeu, très-vîte s'en alla,
Remonte en fa voiture, & fe promet d'en rire;

Mais, Marquis, rira bien qui rira le dernier ;
Car aussi-tôt l'Abbé laisse là sa retraite,
Court après la voiture, & feignant d'oublier
Le nom de ce Marquis, cherche en frappant sa tête,
Le demande au laquais, & celui de l'hôtel :
Monsieur, dit le laquais, c'est le Marquis un tel,
Hôtel de Roussillon, derriere Saint Sulpice :
Grand merci, dit l'Abbé, de votre bon indice ;
Il retourne à l'instant, son froc & manteau court
Mettre bas aussi-tôt, s'habille en Mousquetaire,
Et dès le lendemain, avant le point du jour,
Va trouver le Marquis, pour terminer l'affaire.

Il arrive à l'hôtel, fait beaucoup de fracas :
Qui vient, dit un laquais, & qui frappe à cette heure ?
Ami, l'Abbé répond, est-ce ici la demeure
De Monsieur le Marquis ? .... son nom ne me vient pas ;
Mais qu'on m'ouvre toujours, ou le diable m'emporte..
Le valet, effrayé, descend, ouvre la porte,
Et plus honnêtement demande ce qu'il veut !
Je veux.... dire deux mots à ton maître, morbleu.
Il s'est couché fort tard, répond le domestique.
Va l'éveiller, faquin, sur-tout point de replique ;
Il ne doit point dormir quand je suis éveillé.
De grace au moins, Monsieur, dites-moi qui vous êtes,
Et par qui, s'il vous plaît, suis-je donc envoyé ?
De lui dire mon nom, je me fais une fête :
Il me reconnoîtra sans doute en me voyant ;
Va toujours, & lui dit qu'il se leve à l'instant.

Chez le Marquis à peine on souffloit la lumiere,
Et lui n'avoit encor point fermé la paupiere,

Lorfqu'on ouvre la porte, on tire fon rideau ;
Eveillez-vous , Monfieur , chez vous un Moufquetaire
Fait tapage à cette heure , & veut vous dire un mot ,
Voyez fi vous voulez qu'on le laiffe ainfi faire ?

Eh ! non , dit le Marquis , faites-le donc entrer.
Bientôt le Moufquetaire , avec un air d'aifance ,
Entre , . . . s'affied. . . Bon jour... Vous fouvient-il d'hier ?
Hem , Monfieur le Marquis , de certaine impudence
Faite envers un Abbé dans le bofquet voifin ?
Vous ne l'auriez pas cru chez vous fi bon matin.

Vous le voyez en moi , qui demande vengeance.
Vous plaifantez , l'Abbé ? ... Je ne ris point, Marquis ,
Et vîte vous lever , eft mon meilleur avis ,
Pour me donner raifon d'une pareille offenfe.
Le Marquis croit rêver , il fe frotte les yeux :
Quel diable eft-ce ceci ? . . . ne fommes-nous pas deux ?
Eh ! parbleu , nous verrons qui rira de la fête.
Il fe leve bientôt , fait très-courte toilette ,
Se munit d'une épée , & tout droit au bofquet ,
Serrant l'Abbé de près , arrive en diligence ,
Et quoique fort piqué , paroiffoit l'air très-gai ,
Confidérant le fait très-peu de conféquence.

Voici , lui dit l'Abbé , l'endroit où j'ai chanté ;
Je fçais que vous aimez extrêmement la danfe ,
Et pour que vous danfiez en mefure & cadence ,
Voyez de quoi , Marquis , vous ferez enchanté.
Il tire un piftolet.... Mais fur-tout point d'enfance ;
Dégagez-vous , allons... formez des entrechats ,
Avec autant de grace , on ne refufe pas ,
Et vous ne devez faire aucune réfiftence.

Le

Le Marquis un peu fot, crut que fans balancer,
Il valoit mieux pour lui, devant le Moufquetaire,
Lui rendre la pareille, & fe mettre à danfer.

J'ai chanté, dit l'Abbé, vous danfez, mon confrère :
Êtes-vous fatisfait ?... ou finon battons-nous,
Nous n'irons pas bien loin chercher le rendez-vous.

Non, lui dit le Marquis, je ne veux point le faire ;
L'Abbé, ... c'eft fe venger à merveille vraiment :
Embraffons-nous de cœur, vivons comme deux freres ;
Combien d'autres que nous agiroient autrement !
Chacun comme il l'entend arrange fes affaires.

QUATRAIN,

Pour mettre au bas du Portrait de M. l'Abbé
DE L.

A ces traits connoiffez l'ingénieux de L**,
Chez vous, Français, en traduifant Virgile,
S'il mérita le nom d'Elegant-Traducteur,
Il fut digne fouvent de celui d'Inventeur.

IN-PROMPTU,

A M. le Marquis DE FAUDOAS, Colonel du
*Régiment de D***, qui paffoit à Nifmes pour*
l'aller rejoindre.

L E Ciel vous conduit en ces lieux,
Mais non pour y faire la guerre :

C

Aimé. . . . fêté. . . . . pour être heureux ;
Que faut-il de plus sur la terre ?
Vous touchez de trop près les lys *
Pour ne pas soutenir le trône ;
J'en conviens, mais ici Cypris
L'emporta toujours sur Bellone.

IN-PROMPTU,

En voyant graver le Portrait de M. SÉGUIER, Secrétaire perpétuel de l'Académie de Nismes, qui venoit de donner à la Charité de cette Ville une somme assez considérable.

A CES traits imposans, à cet air de bonté
On reconnoît SÉGUIER. . . . c'est lui d'après nature ;
Ses travaux passeront à la postérité ;
Et si le temps flétrit cette frêle gravure,
L'indigent n'oubliera jamais sa charité.

ACROSTICHE IN-PROMPTU,

De Madame BALAI.

Bouche de rose, & le plus fin sourire,
Ame sensible, & les yeux séduisans,
Lançans des feux de sentimens,
A chaque instant semblent nous dire ;
Il n'est rien sans ces agrémens.

---

* La Maison de Faudoas écartelle ses Armes avec celles de France, sans brisure.

ROMANCE.

Le regret de n'avoir pas quinze ans.

Vois, Colin, ce bocage,
L'Amour vient s'y cacher ;
Si tu veux être sage,
Nous irons le chercher :
Maman me dit sans cesse :
Lucette, il est charmant,
Mais, prenez garde, il blesse
Quand on n'a pas quinze ans.

Sur la fleur que je cueille,
S'il vient un papillon,
Aussi-tôt je l'effeuille,
Croyant voir le frippon ;
Tout semble son image,
Tout me le dit charmant ;
Mais, Ciel, ah quel dommage !
De n'avoir pas quinze ans.

La riante nature
A fleuri tout exprès
Ce beau lit de verdure
Sous ce feuillage épais,
Là nous pouvons l'attendre,
S'il vient secondes-moi,
Car pourrois-je le prendre
Et m'en aider sans toi ?

Colin va sur l'herbette,
L'Amour étoit caché :

Je le vois, dit Lucette,
Il me paroît fâché;
Elle croit le furprendre,
Il s'envole à l'inftant :
Ciel, il falloit attendre
Que nous euffions quinze ans.

VERS,

A Madame * * *, *qui n'aime que les rofes.*

Vous chériffez, tendre Iris, une fleur
Dont la beauté retrace votre image ;
Je crois vous voir, je fens battre mon cœur
Lorfqu'à travers un fombre & verd feuillage
Je vois percer celle dont l'incarnat
Flatte les yeux, ranime la penfée.

Ce tendre blanc, ce rouge délicat,
Mélange heureux !... qu'a formé la rofée,
Eft le portrait du divin coloris
Dont chaque foir l'Amour peint votre bouche ;
Ma main fe gliffe, & pour vous, chere Iris,
Malgré le dard qui défend qu'on la touche :
Ofe la prendre.... je lui pardonne encore
Je la dépofe..... Où donc ?... Sur votre fein
Elle fourit.... Voilà comme on ignore
Le plus fouvent quel eft notre deftin.

De cette fleur vous avez tous les charmes ;
Mais grace au Ciel ils durent plus long-tems,
Car trop fouvent on verferoit des larmes,
Et votre fort feroit trop d'irconftans.

F I N.

9 782019 250782